LE
SALVE REGINA D'EINSIEDELN

(HERMANN CONTRACT)

PAR

Le R. P. ANSELME SCHUBIGER

Traduit de l'allemand par Mlle **H.** DE **T.,** et M. **P. G.**

(Extrait du Journal LA MAÎTRISE.)

PARIS,

TYPOGRAPHIE CHARLES DE MOURGUES FRÈRES,

rue Jean–Jacques Rousseau, 8.

—

1860.

LE

SALVE REGINA D'EINSIEDELN.

(**HERMANN CONTRACT.**)

Des milliers de pèlerins visitent chaque année le pèlerinage
célèbre, dans la moitié de l'Europe, de N.-D. des Ermites (en
allemand Einsiedeln). Les amis et admirateurs du vieux chant
d'Église, qui ont assisté en ce lieu au service divin des dimanches
et fêtes, y ont souvent entendu avec édification les magnifiques
accents du *Te Deum laudamus,* les mélodies des saintes hymnes
et des antiennes de l'office, ou les simples psaumes et chants de
procession. Parmi tous ces chants solennels du vieux temps, il
en est peu qui produisent sur l'âme des auditeurs, savants ou
ignorants, une impression aussi profonde et aussi durable que celui que l'on chante tous les jours en l'honneur de la Reine du Ciel
dans la chapelle qui lui est consacrée. Le soir, à l'issue des
vêpres, lorsque les derniers sons de l'orgue se sont éteints sous
les voûtes du cloître, d'une porte latérale communiquant de l'intérieur du couvent dans l'église débouche une longue file d'enfants, de jeunes gens et d'hommes faits qui, passant devant les
autels, se dirigent à pas lents et en silence vers le grand portail;
en tête s'avancent les élèves de l'école du couvent, en robes
noires; puis viennent les clercs et les prêtres revêtus de l'ample
habit des Bénédictins. Les grilles de la chapelle de la Mère de

Dieu sont ouvertes et la double file y pénètre. Tous s'agenouillent devant l'autel, et aussitôt le silence du recueillement est rompu par un chantre qui entonne, sur la mélodie de l'ancien chant religieux, les paroles : *Salve Regina*. C'est cette mélodie que des millions de fidèles ont écoutée dans le recueillement et le silence, qui est encore à présent chantée journellement à l'heure indiquée, et qui est connue au loin sous le nom de *Salve Regina* d'Einsiedeln. Voici son histoire.

C'est à la première moitié du xie siècle que remonte l'origine de cette gracieuse et suave antienne. Dans le couvent célèbre fondé par Pirminius dans l'île de Reichenau, sur le lac de Constance et non loin de cette ville, vivait à cette époque un moine nommé Hermann, aussi distingué par ses vertus que par son savoir. Né en 1013, à Sulgau, en Souabe, il n'avait que sept ans lorsque son père, le comte de Vehringen, confia son éducation aux moines. Dès son enfance, ses membres avaient été frappés d'une paralysie dont il souffrit jusqu'à sa mort, et qui lui fit donner le surnom de *Contractus*. Mais autant son corps était faible et malingre, autant son esprit avait de vigueur. Ses contemporains le considéraient comme le plus grand linguiste et le plus grand historien. Ce dernier point est démontré par la chronique qu'il a écrite, et qui a été de tout temps reconnue par les gens compétents comme une œuvre du plus rare mérite. Ses connaissances en rhétorique et en philosophie étaient non moins étendues qu'en poésie et en mathématiques. Mais c'est en musique surtout que sa supériorité éclate, aussi bien dans ses œuvres théoriques que dans ses œuvres pratiques. Parmi ces dernières, on doit citer des chants en l'honneur de saint Georges, de saint Gardien et de saint Epimachus, sur saint Afra, saint Magnus et saint Wolfgang ; puis la séquence de la Sainte-Croix : *Grates honos hierarchia*, une autre sur la fête de Pâques : *Rex regum, Dei agne*, et plusieurs chants analogues. Autant son savoir était grand, autant sa vie était sainte et édifiante. Ses biographes parlent avec admiration de la piété extraordinaire qu'il montra dès sa plus tendre enfance, et ils citent diverses circonstances où ses prières furent miraculeusement exaucées. Outre ses infirmités corporelles, Hermann eut, dans son enfance, à combattre une intelligence rebelle. En dépit de ses efforts, il n'avançait que très-lentement dans le chemin de la science, et cette double disgrâce lui causait une tristesse profonde. Son maître, ému de compassion et voulant le consoler, lui donna le conseil de chercher un secours suprême et spirituel dans la prière, et de s'adresser, avec un cœur plein de confiance, à la mère de notre Seigneur. Hermann venait d'atteindre sa quatorzième année lorsque, docile aux conseils de son maître, il se mit sous la protection spéciale de Marie ; dès lors, par d'ardentes et incessantes prières, il implora d'elle un soulagement aux infirmités de son corps et de son esprit. D'après le témoignage de Trithemius (1), deux années ne s'étaient pas encore écoulées qu'une nuit la Reine du Ciel lui apparut et, lui annonçant que ses pieuses supplications avaient été entendues, lui donna à choisir entre deux dons : la santé et la science. C'est le dernier que préféra le studieux jeune homme. On dit qu'à partir de ce moment les enseignements les plus ardus lui devinrent faciles, et que sa reconnaissance pour cette grâce de la sainte Vierge dura autant que sa vie (2).

Ce qui est certain, c'est qu'il se montra toujours dans la suite son plus fervent serviteur ; les chants qu'il composa en son honneur, et qu'il mit en musique, en sont une preuve. Déjà, de son temps, ces chants excitaient une si grande admiration que l'on prétendait que la sainte Vierge elle-même les lui avait dictés. Son antienne *O florens rosa* acquit une lointaine célébrité et fut introduite dans le service divin. Du reste, l'*Alma redemptoris mater* et notre *Salve Regina*, dont il composa les paroles et la musique, suffiraient seuls pour lui donner un nom immortel dans l'histoire des chants sacrés de l'Église catholique ; car ces deux antiennes furent plus tard adoptées dans l'office de l'Église tout entière, et elles ont été chantées des millions de fois. La tradition qui en désigne Hermann comme l'auteur, repose sur des

(1) Trithemius, chronicon Hirsaugiæ.
(2) *Ibidem.*

témoignages si dignes de foi, que des savants tels que Baronius et beaucoup d'autres après lui n'hésitèrent pas à l'accueillir.

L'abbé Trithemius, qui écrivait sa chronique à la fin du xve siècle et qui puisa ses renseignements à des sources en partie perdues aujourd'hui, donne sans réserve Hermann comme l'auteur de ces chants (1). Ils lui sont également attribués d'une manière positive dans une vieille chronique du couvent de Reichenau, où sont consignés les différents travaux scientifiques de Hermann (2). La même opinion se retrouve dans un manuscrit de Saint-Gall du commencement du xvie siècle, ainsi que chez Glarean (3), savant compositeur fribourgeois (4).

Il est plus que probable que du vivant même de son auteur le *Salve Regina* fut très-répandu, surtout dans les couvents. Cela est d'autant plus admissible qu'à cette époque les moines, et principalement ceux qui étaient lettrés, échangeaient de fréquentes relations avec les couvents du même ordre où ils se transportaient pour des séjours plus ou moins prolongés, soit pour se perfectionner dans les arts et les sciences, soit pour s'entr'aider dans les travaux de l'enseignement et le soin des âmes. C'était une occasion de se communiquer réciproquement de couvent à couvent les perfectionnements et les découvertes dans les arts et les sciences.

A l'époque où Hermann Contract vivait, les couvents de

---

(1) Hic est Hermannus ille, qui dulcisonam de beatissima Virgine Matre composuit antiphonam : SALVE REGINA ; et illam : ALMA REDEMPTORIS (Trithemii annal. Ilirs.).

(2) Scribit carmine et prosa multa praeclara volumina : DE MUSICA, DE MONOCHORDO..... Hymnos et prosas varias, ex quibus est cantus ille de B. Virgine dulcissimus : « Salve Regina, etc. » (Vieille chronique de Reichenau, manuscrite).

(3) Hermannus Monachus... Contractus, Teutonicus, composuit sequentiam : Rex omnipotens die de ascens. Domini et antiphonam SALVE REGINA (Cod. St. Gallensis, no 546, pag. 50).

(4) Authorem ejus ferunt Hermannum Contractum, Comitem a Veringen (Glareani Dodecachord.).

Reichenau et d'Einsiedeln entretenaient des relations de ce genre. Le premier était déjà depuis longtemps très-florissant ; le second, fondé depuis un siècle, jetait aussi un vif éclat, et plusieurs de ses membres avaient été mis à la tête d'abbayes ou appelés à l'épiscopat. Un moine d'Einsiedeln, nommé Warmann, qui était, en 1027, évêque de Constance, précepteur et tuteur du jeune duc d'Allemagne, Ernest, était parvenu au plus haut degré de considération et d'influence, et il est à croire que grâce à lui les relations amicales qui existaient entre les deux couvents devinrent plus suivies encore (1). De puissants motifs devaient, d'ailleurs, y pousser de part et d'autre, car Einsiedeln, fondée par Saint-Meinrad, religieux de Reichenau (mort en 861), était redevable de son origine à cette dernière congrégation, et devait, pour ainsi dire, s'en regarder comme la fille spirituelle.

Les reliques et la canonisation de ce saint, l'office religieux nouvellement introduit à Reichenau et attribué à l'abbé Bernon, augmentèrent les relations entre les deux monastères, et, plus tard, les occasions de les continuer ne manquèrent pas. Comme dans le temps où saint Wolfgang, jadis élève de Reichenau, était doyen à Einsiedeln et y professait l'enseignement, de fréquentes visites avaient lieu ; l'ancienne liaison continua plus tard. Lorsqu'en l'an 1039 on fit la translation solennelle des reliques de saint Meinrad, de Reichenau à Einsiedeln, Hermann se livrait déjà à l'enseignement dans l'école de son couvent, et les religieux d'Einsiedeln eurent occasion d'entendre et d'admirer ses magnifiques compositions musicales. Il est à croire que dès lors, ou plus tard au moins, le pieux et saint compositeur qui, dans sa chronique, parle souvent d'Einsiedeln avec tant de vénération (2), leur aura donné une copie de son admirable *Salve Regina*. L'histoire, à la vérité, n'a rien conservé de précis à cet égard, mais la

---

(1) Chronicon Constantiense apud Pistorii script. rer. Germanicarum. Tom. III, pag. 739.

(2) Usque hodie Eremus ipsa a sanctis et religiosis culta viris, in nobile et famosum jam dudum excrevit caenobium (Herm. contr. chron.).

supposition que cette antienne était connue et chantée à Einsiedeln à la fin du XI⁰ siècle est au moins admissible (1).

Le vénérable compositeur mourut en 1054 en odeur de sain-
teté ; mais ses chants gracieux ne périrent pas avec lui : les paroles et la mélodie en avaient été transcrites en neumes sur parchemin ; peut-être la tradition n'a-t-elle pas moins contribué à les
conserver à la postérité. Ainsi se conserva son *Salve Regina.* Il
n'avait pas alors la forme qu'il a maintenant, et ne se chantait
pas exactement comme on le chante aujourd'hui dans le monde
catholique ; car alors, dans le texte comme dans la mélodie, il
finissait par les mots : « *filium tuum nobis post hoc exilium ostende.* » La relation suivante nous apprend comment les paroles
qui le terminent y furent ajoutées, et comment, en même temps,
ce chant acquit une si grande célébrité.

Un siècle ne s'était pas écoulé depuis la mort de Hermann,
lorsqu'en 1146, saint Bernard, abbé de Clairvaux, vint par
ordre du pape prêcher la croisade en Allemagne. Déjà, dans
l'évêché de Constance, il avait par ses miracles et ses prédications
gagné le peuple à sa sainte entreprise, lorsqu'il arriva à Spire la
veille de la sainte fête de Noël, après avoir passé par Winterthur
et Zurich, et descendant le Rhin par Bâle et Strasbourg : il était
accompagné de l'abbé Frowin, de Baudouin, autre abbé (tous
deux appartenant à son ordre nouveau), de Waldemar, prêtre de
Constance, d'Eberhard, chapelain de l'évêque, et de sept autres
personnages vénérables. Dans cette course triomphale, le saint
abbé et les miracles qu'il faisait étaient souvent salués par les
chants de joie du peuple allemand. Godefroy témoigne de l'éton-
nement dont furent frappés les moines de Clairvaux lorsqu'ils
entendirent ces chants. De retour en France avec saint Bernard,
il écrivit à Hermann, évêque de Constance, qu'il regrettait beau-

---

(1) Les séquences de Hermann : *Grates Regum* et *Rex Regum*, et sa
méthode de musique : *Novem modi qui sunt in musica*, ainsi que sa Chronique, sont encore conservées en manuscrit dans la bibliothèque d'Einsiedeln, et prouvent avec quel soin ses œuvres y étaient recueillies pendant le moyen âge.

coup de ne plus entendre dans sa patrie le chant de « *Christ uns genade* »; car, ajoute-t-il, les peuples de langue romane n'ont pas, comme les Allemands, des chants d'actions de grâces pour remercier Dieu des miracles qu'il accomplit (1). Des chants de ce genre avaient souvent éclaté sur le passage du saint, comme à Constance, et plus tard à Cologne, où, après la guérison miraculeuse de malades, le peuple entonna le chant d'actions de grâces : « *Christ uns genade, Kirie eleizon* et *die Heiligen alle helfen uns* » (tous les saints nous assistent) (2). Quelque profonde que pût être l'impression produite par de tels chants sur les moines compagnons de saint Bernard, qui peut-être n'avaient jamais rien entendu de pareil, l'enthousiasme de l'Abbé lui-même fut plus grand encore lorsqu'il entendit pour la première fois le doux salut à la Vierge.

Ce fut quelque peu de temps après son arrivée dans Spire, la vieille ville impériale. L'évêque, le clergé, les bourgeois, avec croix et bannières, vinrent solennellement à sa rencontre ; on le conduisit à travers les rues de la ville, au son des cloches et des chants sacrés, jusqu'au portail du dôme (cathédrale), où l'empereur Conrad III, entouré des princes de l'empire, le reçut avec le respect dû à l'envoyé du pape. Une foule immense s'était précipitée, comme un torrent, sur son passage, pour voir et entendre l'auteur de tant de miracles. Au moment où la procession s'avançait de la porte du dôme majestueux vers le chœur, retentit, au milieu des chants d'actions de grâces, l'antienne à la sainte mère de Dieu. L'empereur conduisait par la main le saint homme qui s'avança au milieu de la procession, entouré des flots du peuple et profondément ému de tout ce qu'il voyait et entendait.

---

(1) Maxime nocuit, ubi Teutonicorum exivimus regionem, quod cessaverat vestrum illud « Christ uns genade », et non erat qui vociferaretur. Neque enim secundum vestrates propria habet cantica populus romanae linguae, quibus ad singula quaeque miracula referrent gratias Deo (*Gaufred de Clairvaux* in Epistola ad Hermannum.... Const. apud Bolland).

(2) Ad singula miracula populus acclamabat, et in laudes Dei voces tonant per nubila : « Christ uns genade; Kyrie eleison; Die haligen alle helfen uns » (Apud Bolland).

A peine les derniers sons du pieux cantique eurent-ils cessé après les paroles : « *Filium tuum nobis post hoc exilium ostende,* » que l'homme de Dieu, saisi d'un noble enthousiasme, s'écria : « *O clemens ! O pia ! O dulcis Maria !* » (1).

A dater de ce moment, ces douces paroles furent ajoutées au chant de Hermann Contract ; elles furent adoptées peu à peu, et sont restées en usage dans toutes les églises du monde chrétien. Mais dans le dôme de Spire, cette antienne et surtout les paroles finales furent consacrées d'une manière particulière : on décida qu'on les chanterait non-seulement en de certains temps, mais tous les jours de l'année, et en souvenir de saint Bernard on fit placer quatre plaques d'airain sur le sol de la nef, là où le saint abbé avait marché, au lieu même où, pour la première fois, étaient sorties de sa bouche les paroles que l'on fit graver sur les plaques dans l'ordre suivant : sur la première, *O clemens !* sur la deuxième, *O pia !* sur la troisième, *O dulcis !* et sur la quatrième, *Maria !*

La première de toutes fut placée près du grand portail, et la dernière tout près de l'escalier du chœur royal, au pied de la célèbre image de la Sainte Vierge, patronne de la cathédrale de Spire (2).

L'événement remarquable dont Spire fut le théâtre n'aura pas peu contribué à rendre ce chant célèbre et à le répandre au loin. Outre la vieille chronique de Spire, d'autres documents encore font mention des paroles additionnelles de saint Bernard ; on y voit de plus que ce chant fut adopté dans l'ordre fondé par ce saint et qu'un règlement établit qu'il serait chanté solennellement quatre fois par an (3). D'après le témoignage d'auteurs

---

(1) Vieille Chronique de Spire (lib. 10). Ratisbonne, Vie de saint Bernard.

(2) On dit que les plaques d'airain ont disparu depuis un incendie qui eut lieu en 1689. On ne voit plus à leur place que quatre grilles de pierre enchassées dans le sol, chacune de trois pieds de diamètre ; elles se trouvent précisément sous les quatre voûtes du transept.

(3) Illud (Salve Regina) per beatum Bernardum fuit continuatum, et in suo ordine quater in anno devotissime decantari institutum fuit (Albertus

ecclésiastiques il aurait été d'un usage général dans l'église dès la première moitié du xiiie siècle (1). Des manuscrits d'Einsiedeln, à peu près du même temps, le rapportent aussi avec les paroles complémentaires de saint Bernard. Bien que la mélodie (en neumes) n'y soit point indiquée, la présence seule du texte prouve que ce chant était déjà en usage pour le service divin. Vers la fin du xiiie siècle commence une ère nouvelle et brillante pour le chant sacré, à Einsiedeln. Jean de Swanden, qui admirait et encourageait particulièrement la musique d'église, fut nommé Abbé en 1298. Avant son élévation, on se servait généralement au chœur de ces livres où les notes (neumes) n'étaient pas encore écrites sur des lignes. Il n'y en avait qu'un bien petit nombre appartenant aux xiie et xiiie siècles, où l'on ait fait usage de la nouvelle manière guidonienne de noter la musique (2).

Aussitôt après son élévation, le vénérable Abbé conçut le projet de réformer le chant d'église dans son couvent d'après les principes de l'école nouvelle. Il avait pu voir combien était grande la difficulté qu'ajoutait au chant la manière de le noter avec des caractères neumatiques et combien cette pénible étude prenait de temps aux enfants forcés ainsi de négliger bien des branches d'enseignement plus utiles et plus importantes. Voilà pourquoi il porta son attention sur cet art du chant plus nouveau et plus facile, où chaque son est indiqué par des signes fixes et certains. Après s'être procuré des maîtres pour enseigner la nouvelle méthode aux religieux et aux élèves de son couvent, il fit un recueil des vieux chants usités jusqu'alors dans l'église, les fit transcrire d'après le nouveau système et à ses frais (qui furent assez considérables), et les fit réunir en Lodices. Tels sont les services rendus par l'abbé Jean au chant d'église d'Einsiedeln et qui sont rapportés dans un poème historique de Rudolff de Radegg, son

de albo lapide « Laus et commendatio suavissimi cantici Salve Regina. » Circa 1470).

(1) Johannes de Parma.

(2) Ainsi le fragment du manuscrit n° 1 du xie-xiie siècle et d'autres appartenant au xiiie siècle, dont il existe encore à présent des fragments.

contemporain et magister à l'école du couvent (1). Plusieurs des
recueils de chants qui doivent leur existence à cet Abbé ont été con-
servés jusqu'à nos jours ; de ce nombre sont quatre antiphonaires
(cod. **22**, **23**, **24**, **25**), et un processional (cod. **33**); les quatre
premiers sont une transcription d'un manuscrit neumatique
du xie siècle encore existant. En comparant l'ancien et le nouvel antiphonaire, un juge compétent peut se convaincre de
l'exactitude rigoureuse avec laquelle la vieille tradition a été
conservée. Les œuvres chorales de l'Abbé Jean se distinguent
par la netteté de l'écriture et l'enluminure des initiales, la portée
(le système de notes) a quatre lignes et les notes sont de forme
carrée. Les cinq morceaux sont de la même écriture et sur le manuscrit **22** on lit le nom de l'Abbé Jean (2). Les graduels qui
furent transcrits en même temps ont malheureusement été
perdus, ce qu'on attribue à un incendie du couvent qui eut

---

(1) On donna à ce poème le titre de *Gesta abbatis Johannis de Schwan-*
den. Voici le passage qui s'y rapporte :

> Volvit et hic animo cantum, qui dicitur « Usus »
> Esse gravem prorsus, difficilemque modum,
> Quem puer addiscens in eodem flore juvente
> Dogmata negligeret uberiora sibi.
> Est alter cantus, ubi Musica dirigit omnes
> Voces per normas, sat leviore modo :
> Hic est commodior, facili quia discitur arte,
> Et pueris alia dogmata ferre sinit.
> Ast hic difficilem vitat, facilem sitit, atque
> Ejus doctores quaerit, et optat eos.
> Doctor adest cantus, ejusdem qui docet artem,
> Tunc propria struxit re Pater iste libros,
> Qui talem cantum retinent; constare videntur
> Hi magnas res, haec comprobat ista dies.
> Sic hunc per Patrem libros retinemus et artem,
> Quo Pater iste choro commoda bina tulit.
>   (Rudolfi de Radegg : Gesta abbatis Joh.)

(2) Sur la première page on trouve les vers suivants d'une écriture du
xive siècle :

> Abbas, cui nomen dederat divina *Johannes*
> Gratia *de Swanden* opus hoc produxit adesse.

lieu au XIVe ou au XVe siècle. Il est évident que cette réforme
du chant d'église et de la manière de le noter, entreprise par
l'Abbé Jean était accomplie avant la fin de l'année 1313, car
Rudolff de Radegg, cité plus haut, racontant la fête de Noël
telle qu'elle avait été célébrée cette année là à Einsiedeln, donne
des détails qui ne sauraient s'accorder avec l'emploi de l'ancienne
écriture neumatique ; à cette occasion il mentionne expressément
le chant célèbre (*celebrem cantum*) et l'ordre exact qu'on ob-
serva dans l'exécution ; il indique même des chants à plusieurs
voix (*organicis cantibus*) et parle de l'emploi de l'orgue (*De-
sistunt organa*) (1). Lors de la transcription des chants d'église
dans la nouvelle écriture, la célèbre antienne, le *Salve Regina*
de Hermann Contract ne fut pas oublié. Le processionnal
(Cod. 33), dont nous avons fait mention plus haut, ne l'indique
qu'à la feuille 191 ; elle se développe dans le plus ancien style

---

(1) Le passage remarquable qui se rapporte à l'histoire de la musique
d'église dit :

    Natales Domini revolutio praebuit anni
      Cunctis, catholicam qui didicere fidem.
    Hic Domini festum solemne colit chorus iste
      Dulcibus organicis cantibus atque modis.
    Cum majore minor contendunt pandere voces
      Certatim, voci parcere nullus amat.
    Concinnum jubilum decorat concordia vocum,
      Atque relativus ordo canoris adest :
    Perdocte pausat quisquis cantando, legendo,
      Quid legat aut cantet, cuilibet ordo refert.
    Missa, Processio per *celebrem cantum* recitatur,
      Ac horae reliquae, quas sacer ordo probat.
    Pauca quies nobis nocturnis sive diurnis
      Horis, sed Domino gloria crebra datur.
    Mens vigil ad cultum remanet, cum facta dehiscunt;
      Supplet mens cupida, quod minus actus habet.
    Laetabundus inenarrabiliter chorus iste
      Perficiet hoc festum, gaudia magna tenens.
    Exspirat festum, discedunt gaudia nostra,
      Organa desistunt, et *lyra nostra tacet.*
                    (Rud. de Radegg.)

ecclésiastique avec les traits principaux de la même mélodie qui se chante encore aujourd'hui après cinq siècles et demi. Le peu de changements que le temps a apportés au texte ont rendu nécessaires quelques modifications à la mélodie. Voici les paroles du texte telles que les donne le manuscrit :

> Salve regina misericordiae,
> Vitae dulcedo et spes nostra salve.
> Ad te clamamus exules filii Evae ;
> Ad te suspiramus gementes et flentes
> In hac lacrimarum valle.
> Eja ergo advocata nostra illos tuos
> Misericordes oculos ad nos converte.
> Et Jesum benedictum fructum ventris tui
> Nobis post hoc exilium benignum ostende
> > O Clemens, o pia,
> > O dulcis Maria.

Cependant le couvent, situé au milieu d'une contrée alors solitaire et entouré d'une sombre forêt, avait acquis une importance toute particulière comme lieu de pèlerinage consacré à la sainte Vierge. Les fidèles des pays environnants même assez éloignés venaient en foule apporter à la Mère de Dieu, les uns leurs plaintes et leurs gémissements s'ils étaient malheureux, les autres, s'ils étaient heureux, le tribut de leur reconnaissance. Grands et petits, nobles et vilains, riches et mendiants, tous suivaient le rude sentier des pèlerins et portaient à notre bonne Vierge leurs hommages et leur adoration (1). Lorsque les seigneurs et les chevaliers des châteaux voisins partaient comme croisés pour la Terre-Sainte, ou lorsque les bourgeois des villes allaient en pèleri-

---

(1) Radegg exprime par les paroles suivantes combien l'usage des pèlerinages à Einsiedeln était déjà répandu au XIVe siècle :

> O pia Virgo ! *fuit haec consecratio templi*
> Facta tibi, nobis crescat ut inde salus.
> *Te peregrinus ibi colit, advena quaeritat, aeger*
> *Invocat, et validus te veneratur ibi.*
> Tu justis auges virtutes, tu sceleratis
> Diminuis poenas, gratia cuique patet (*Ibidem*).

nage à Rome et à Jérusalem, ils se présentaient à la chapelle de la bonne Vierge pour l'implorer et obtenir un voyage exempt de périls, et, après un heureux retour, ils s'y présentaient de nouveau pleins de reconnaissance (1).

En temps de guerre ou de peste, ce n'était pas de quelques communes de la campagne, mais de villes éloignées comme Bâle et Zurich que venaient les pèlerins ; ce grand concours de fidèles ne pouvait manquer d'avoir une influence importante sur le service divin d'Einsiedeln. On conçoit qu'on s'efforça de donner plus d'éclat au culte de la mère de Notre-Seigneur. Parmi les chants par lesquels on l'honorait, le *Salve Regina* de Hermann était au premier rang ; ce n'était pas seulement au service divin ordinaire qu'il était exécuté dans la chapelle de la sainte Vierge, mais encore à toutes les fêtes solennelles. Un grand nombre de pèlerins qui arrivaient de près et de loin, le faisaient chanter pour eux devant l'autel, par les prêtres auxiliaires qui avaient été institués à cet effet ; d'autres, par une fondation pieuse, pour le salut de leur âme et de celles de leurs parents, stipulaient que le *Salve Regina* serait chanté une ou plusieurs fois l'an. Ainsi c'était, à ce que dit une charte du xvie siècle, un usage traditionnel des temps anciens que cette belle antienne fut exécutée plusieurs fois chaque année dans la chapelle de Marie par des religieux élus pour cela et assistés de quelques enfants de chœur (*scolares*). On la chantait journellement pendant le saint temps du Carême, tous les samedis et à toutes les fêtes consacrées à la Mère de Dieu, puis encore les veilles des fêtes des Apôtres, de saint Jean-Baptiste, de l'Épiphanie, de saint Meinrad, de saint Michel, de la fête de la sainte Croix, de la Toussaint,

---

(1) L'usage où étaient les pèlerins d'aller visiter la chapelle de la bonne Vierge avant et après leur long voyage à Jérusalem, s'est conservé longtemps après la réforme. Lorsqu'en 1519 un grand nombre de patriciens de différentes villes de la Suisse entreprirent ce pèlerinage, ils firent celui d'Einsiedeln avant et après leur voyage (Voyage de Henri Stalz, religieux d'Engelberg et de Joh. Stokar de Schaffouse).

de l'Ascension, du Vendredi-Saint et de la naissance de Notre-Seigneur (1).

Dans le cours du xve siècle, les douces mélodies de Hermann Contract, toujours plus admirées se répandirent de plus en plus (2). Déjà au xive siècle la nouvelle écriture chorale avait presque entièrement remplacé les anciens neumes, et la mélodie du *Salve Regina*, traduite de l'ancienne manière dans la nouvelle, fut introduite ainsi dans les différents livres de chœur ; à chaque phrase même on en ajoutait, à cette époque, une nouvelle qui contenait de pieuses réflexions sur celle qui la précédait immédiatement et on les chantait aussi. On nommait ces phrases supplémentaires *Tropi* ou bien *Versus super Salve Regina* (3). Dans l'ordre de saint Bernard on chantait déjà depuis longtemps cette antienne à certains jours. Elle fut adoptée aussi par l'Ordre de saint Dominique, institué plus tard, et chantée chaque jour de la semaine à la fin de Complies. Vers l'année 1470 , il était d'usage, dans l'église des Frères Prêcheurs de Zurich, de faire, après cette heure du jour, processionnellement le tour de l'intérieur de l'église en chantant le *Salve Regina*. Albert de Weissenstein, qui appartenait à ce couvent, raconte qu'il avait vu beaucoup de fidèles émus jusqu'aux larmes par ce chant (4). Cet usage, du reste, n'existait

---

(1) Acte de fondation aux archives d'Einsiedeln.

(2) De manière que Albert *de Albo lapide*, de l'ordre des Frères Prêcheurs, et u i vivait au xve siècle, écrit : Hoc melos suavissimum ab universali ecclesia frequentatum... : Nam in tota romana et populi curia in tota ecclesia in qualibet religione approbata, in omni cenobio et collegio, in omni metropoli et in qualibet Diocesi, postremo in qualibet ecclesia particulari (acceptatum est) Laus et commendatio cantici : Salve Regina. . . . 1470).

(3) Un manuscrit d'Engelberg, de l'année 1372, contient des intercalations du *Salve Regina* mises en musique. Mone en a recueilli les textes pour ses Hymnes de l'Église dans nombre de bibliothèques.

(4) Est et argumentum et signum singularis devotionis ad hoc canticum, quod existentes in solemni illius decantatione quidem ex cordis puritate *lacrymas continere non possunt*. Alii singultuosis suspiriis canticum hoc inceptum continuare nequeunt.... Quidam mira ejus suavitate capti ex devotione condicescunt, etc. (Ibidem).

pas seulement à Zurich, mais depuis longtemps déjà dans tous les couvents de l'ordre des Frères Prêcheurs, qui avaient obtenu de plusieurs papes des indulgences pour ceux qui assisteraient à la procession solennelle et au *Salve Regina* après Complies (1).

Cependant l'orage de la Réformation avait éclaté et menaçait de destruction l'antique et sainte maison d'Einsiedeln. Selon les prévisions de la raison humaine, on aurait dû croire que là aussi les vieux chants sacrés se tairaient pour toujours, que l'on n'y entendrait plus ni les hymnes, ni les psaumes et moins encore le doux salut de Hermann à la sainte Vierge. Mais Dieu en disposa autrement; il ne laissa pas s'écrouler la sainte maison et il voulut que les antiques chants consacrés à sa louange et à celle de sa sainte Mère, continuassent à retentir plus fréquemment et avec plus d'éclat que jamais; il en fut ainsi du *Salve Regina*. La Réformation elle-même fût cause que ce chant fut exécuté chaque jour dans la chapelle de la Mère de Dieu, usage qui subsiste depuis plus de trois siècles. Il doit son origine à un homme rudement éprouvé par le malheur et dont les restes reposent près du saint lieu où il fit cette fondation. Jean de Linzingen fut élu abbé de Maulbronn, en Wurtemberg, couvent de l'ordre de Citeaux en 1521, précisément au moment de la Réformation. Fidèle à ses convictions, à ses antiques croyances, à son vœu solennel, il ne consentit, ni à adopter la foi nouvelle, ni à livrer à un prince séculier les biens du monastère consacrés au Seigneur (2).

---

(1) Fratres ad singularissimam spem, matrem misericordiae Mariam deliberaverunt confugere, statuentes : omni nocte post completorium solemnem processionem facere cum « Salve Regina »…. Propter haec omnibus, qui solemni congregationi ac processioni, quae more solito post completorium fiunt, in hujus suavissimi carminis decantatione intersunt, impetravit ordo Predicatorum a Domino Alexandro Papa centum dies et ab aliis pontificibus summis quadragintos dies indulgentiarum perpetuis temporibus duraturas, sicut habetur expresse in tabula indulgentiarum ordinis, quae habetur Parisiis et Bononiae (Athenius) *in albo lapide*'.

(2) Ob monasterii emunitatem, conservandum res Deo dicatas nolens tradere profano principi, persecutionem passus (Bruschius Chron. monaster., pag. 92).

La persécution alors éclata contre lui ; l'empire d'Allemagne, déchiré par des divisions intestines, ne pouvait plus lui offrir de sûreté et il fut forcé de chercher son salut dans la fuite à l'étranger. Il alla se fixer en Suisse, où il obtint le droit de bourgeoisie et où les religieux d'Einsiedeln, dont Joachim était Prince Abbé, lui donnèrent l'hospitalité jusqu'à sa mort, abattu par son triste sort, il mourut le 20 juillet de l'année 1547. Ses restes mortels reposent dans la grande église du côté droit près de la chapelle de la Vierge. Peu de temps avant sa mort, désirant manifester d'une manière toute particulière sa pieuse vénération pour la Mère de Dieu, il fit don au couvent d'une somme de mille florins à la condition que l'abbé Joachim s'engagerait pour lui et pour ses successeurs, Seigneurs et Abbés, à faire chanter chaque jour, pendant toute l'année, un *Salve Regina* dans la chapelle de Notre-Dame par un petit nombre de chantres dont l'un au moins serait prêtre à cause de la collecte. Cette donation fut faite par acte authentique et légalisée la même année par le gouvernement de Schwitz, alors protecteur du couvent (1). Telle est l'humble origine de l'usage, qui dès lors a existé, d'exécuter ce chant quotidiennement.

Vers ce temps on commença, dans le midi de l'Allemagne surtout, à faire usage d'une nouvelle mélodie chorale d'un auteur inconnu. Elle avait pour texte le *Salve Regina*, et était écrite dans le cinquième mode de l'église. Plus courte et plus facile, elle fut accueillie favorablement, et bien des évêchés l'ont conservée jusqu'à ce jour (2). A Einsiedeln aussi on l'adopta, mais seulement pour le chant du chœur à Complies, et on en a conservé l'usage jusqu'à nos jours. Cependant l'ancienne mélodie originale resta le plus généralement suivie. Dans les églises de France et d'Italie et dans celles du nord et de l'ouest de l'Allemagne, elle est demeurée en usage avec plus ou moins de

---

(1) Le document original est dans les archives d'Einsiedeln, écrit en langue allemande.

(2) Elle commence par la mélodie *Sal-ve Re-gi-na*.
ut mi sol la sol

changements (1). C'est ainsi qu'on la trouve dans les anciens livres de chant allemands, où Glarean, célèbre compositeur du XVIe siècle, l'a prise pour l'insérer dans son *Dodecachordon*. En comparant ces exemplaires de temps et d'origine si divers, on peut se convaincre que la mélodie usitée à la chapelle de la Vierge à Einsielden s'y rapporte parfaitement, tant pour le ton que pour le caractère, et que les différences qu'on y remarque ne proviennent que de la manière de noter la musique qui, comme on le sait, était moins brève au moyen âge. Cette manière, on l'a conservée consciencieusement pour le *Salve Regina* de Notre-Dame-des-Ermites, tandis que dans d'autres lieux on s'est permis de l'abréger, et cela déjà avant le Concile de Trente. Glarean, que nous avons déjà cité, dit qu'il donne cette mélodie, mais plus abrégée qu'on n'a coutume de la chanter dans aucune église (2). Ainsi, le chant de Hermann conserva toujours son ancienne notoriété et fut plus en honneur encore dans le XVIe siècle; car le système harmonique s'étant développé dès le XVe siècle dans l'école des Pays-Bas, et s'étant perfectionné de plus en plus au XVIe siècle dans les écoles française, italienne et allemande, les grands maîtres firent sur ces anciens chants des contre-points selon les règles de l'art. Le *Salve Regina* de Hermann ne fut point négligé; des maîtres immortels comme Palestrina, Orlando Lasso, Lefébure, da Vittoria et d'autres encore plus anciens ou de leur temps, ont pris le *Salve* pour base de leurs travaux de contre-point, et ont assuré par là sa renommée pour bien des siècles.

Tandis qu'alors on exécutait peut-être déjà ce *Salve Regina* et beaucoup d'autres semblables dans la grande église d'Ein-

---

(1) Les livres romains pour l'enseignement du chant (comme *Pernarelli, Istituzioni di canto fermo. Roma* 1844) ne contiennent pas les mélodies nouvelles, mais seulement les anciennes appartenant au premier mode de l'Église.

(2) Exemplum ponamus, nempe divae Virginis salutationem a tota decantatam ecclesia. Authorem ejus ferunt Hermannum Contractum, comitem a Veringen... Nos Dorii modi formulam exequemur, *ac brevius quidem illud, quam ulla decantet ecclesia* (Glareani Dodecachord).

siedeln (1), on conservait dans la chapelle de la Vierge, dans sa
forme primitive, celui qui lui avait été destiné. Sous le digne
Abbé Joachim, qui s'était rendu au Concile de Trente comme
délégué de la Suisse catholique et qui en avait rapporté dans son
couvent un nouveau zèle pour la dignité du culte, Einsiedeln
guérit peu à peu des profondes blessures que lui avait faites la
réformation. Le couvent vit s'accroître le nombre de ses religieux ; les places données aux prêtres séculiers, pour veiller au
soin des âmes et aux pèlerinages, furent remplis par les membres de la communauté, et eux aussi célébrèrent le service divin
à la chapelle. De cette manière, l'exécution de la pieuse fondation du *Salve Regina* passa aux religieux du couvent, quoique,
selon le texte de l'acte de fondation, ils n'y fussent nullement
tenus (2). Quelques dizaines d'années s'étaient écoulées, et déjà
le nombre des chantres s'était tellement accru qu'on pouvait faire
exécuter ce chant, surtout dans les occasions extraordinaires,
par une masse chorale vraiment imposante pour ce temps.

L'Abbé Joachim mourut en 1569, et son successeur, l'Abbé
Adam, malgré les adversités qu'il eut à supporter, rendit au
chant d'église des services qui ne furent pas sans importance.
Déjà, avant son élection, en 1567, il avait commencé à écrire de
sa main un recueil de chants d'église, un antiphonaire, qu'il
nomma *Directorium cantus*, et il l'acheva lui-même plusieurs
années après son élévation à la dignité d'Abbé ; malheureusement ce magnifique manuscrit, orné d'images d'un travail pré-
cieux, fut détruit par le désastreux incendie du couvent, en
1577 (3). Outre l'ouvrage que nous venons de mentionner,

---

(1) Il s'en trouve un de ce genre à cinq voix, manuscrit, sans indica-
tion d'auteur, joint à un grand recueil de messes imprimées de l'école
française et qui datent du xvie siècle ; on le chantait probablement souvent à Einsiedeln.

(2) Es soll auch ein herr kein conventherrn darzu zwingen noch noethen
dann sie hierzu nit verbunden einer gang dann gern darzu (Charte de
fondation de 1547).

(3) Liber, quem *Adamus Abbas ipse* charactere admodum eleganti
scriptum pulcherrimis iconibus exornaverat, in eôque ordinem chori

l'Abbé Adam en fit exécuter un certain nombre, entre autres un *Pontificale* contenant beaucoup de chants qu'on a encore. Le zèle qu'il avait pour le service divin ne permet pas de douter qu'il accorda aussi au *Salve Regina* la plus grande attention. Ce qui prouve la haute estime qu'on avait alors pour ce chant, c'est qu'on s'en servait au commencement et à la fin des cérémonies, aux grandes fêtes ou dans les solennités tout à fait extraordinaires. Ainsi la veille du jour où l'Abbé Adam fut élu, et où les membres externes du Chapitre s'étaient réunis au couvent pour la cérémonie, ils descendirent, matines achevées, à la chapelle de la Vierge pour y chanter tous ensemble le *Salve Regina* (1).

En l'an 1574, le Pape Grégoire XIII ouvrit à Rome un jubilé. L'Abbé Adam résolut d'y assister. Au moment de faire ses adieux à sa sainte maison, il réunit tout le couvent sous le porche de l'église collégiale; l'Abbé portant l'habit et le bourdon du pèlerin, alla se prosterner devant le maître-autel, se fit donner pour ce long voyage la sainte bénédiction, et pendant qu'on chantait l'antienne *Corpora sanctorum*, il se recommanda à tous les patrons de l'église; puis on se rendit en procession solennelle à la chapelle de la Mère de Dieu. L'Abbé et sa suite s'agenouillèrent devant l'image de la sainte Vierge, implorant aide et protection pour ce pèlerinage, et alors, le chœur entonnant le *Salve Regina*, le couvent et le peuple accompagnèrent l'Abbé en descendant le bourg jusqu'au pont de l'Alp. Adam, traversant la chaîne des Alpes au mont Saint-Gothard, continua son pèlerinage jusqu'à Milan (2). Là, il visita le cardinal Charles Borro-

perpetuum explicate disposuerat; ob id « Directorium » appellatus, aureisque non minus centum aestimatus; aliaque momenti maximi monumenta manuscripta clade hâc funestissima perière (Mauritius Symian, monumenta quaedam Einsidl).

(1) Diarium Abbatis Adami.

(2) Deinde Antiphonâ : *Salve Regina* in Sacello Deiparentis Dominae nostrae decantatâ cum parvo admodum comitatu Adamus domô movit; viamque per summos Gotthardi Alpes accipiens, Mediolanum pervenit;

mée qu'il connaissait personnellement depuis l'année 1570, où le saint archevêque, faisant un voyage en Suisse, avait passé quelques jours à Einsiedeln. Ce grand prince de l'Église l'invita à sa table. Arrivé à Rome, avant l'ouverture du Jubilé, Adam eut l'occasion d'entendre les œuvres immortelles de Palestrina, exécutées alors sous la direction de Palestrina lui-même. Ce grand maître, compositeur de la chapelle papale et maître de chapelle à Saint-Pierre du Vatican, était alors à l'apogée de sa gloire. Nous voyons dans la relation que l'Abbé Adam a faite de son voyage, la profonde impression que produisit sur lui l'exécution de ces chefs-d'œuvre. Ainsi il appelle *magnifiques* les vêpres qui, la veille de Noël, à l'ouverture du Jubilé, furent célébrées par le Pape lui-même, et il dit que la musique en était *imposante* (1) ; il ne fut pas moins émerveillé des matines de la nuit sainte et de la messe célébrée à leur issue, tout cela chanté à quatre voix, pendant que le Pape chantait les bénédictions et les cardinaux les leçons (2). Le retour d'Adam eut lieu au mois de février de l'année suivante, et les cérémonies célébrées alors furent semblables à celles de son départ. Après qu'il eut heureusement terminé son voyage en passant par Lorette, le Tyrol et le Voralberg, il se retrouva, le samedi avant *Reminiscere*, en arrivant au haut du mont Etzel, sur le territoire d'Einsiedeln, où il fut salué par son peuple. Là il descendit de cheval, et toujours en habit de pèlerin et le bourdon à la main, il fit le reste du chemin (une lieue environ) à pied. Les religieux du couvent, accompagnés des flots du peuple, avec croix et bannières,

---

quatriduum eôdem moratus, a Carolo Cardinali Borromeo humanissime acceptus est (Symian, Monumenta).

(1) Die Vesper *herrlich mit gwaltiger Musik* durch ir heiligkeit selb angefangen und gesungen worden samt vorgesagter Clerisy (Diarium Abbatis Adami).

(2) In der helgen nacht zûo Wienacht *sang man auch alles mit IIII Stimmen*, die ganz mety sammt dem ersten ambt, in Sixti capella im Pallast, darin ir heylikeyt in wysser kleidung personlich mit grosser andacht die Benedictiones über die Lectiones mit grosser Reverentz gab. (*Ibidem.*)

s'avancèrent, tandis que les cloches sonnaient à pleine volée, au devant de lui jusqu'à la chapelle de Saint-Gangulph. Après lui avoir souhaité une joyeuse bienvenue, on le conduisit à l'église, on le fit entrer dans la chapelle de la Sainte-Vierge, et, comme à son départ, les doux sons du *Salve Regina* se firent entendre, mais cette fois en actions de grâces pour son heureux retour (1).

Deux années s'étaient écoulées depuis ce jour, lorsqu'un événement aussi funeste qu'inattendu fit taire la sainte mélodie pour quelque temps. Ce fut le si regrettable incendie de 1577 qui réduisit en cendres le couvent, l'église et tout le bourg. Seule, la chapelle de la Vierge fut épargnée. Parmi les grandes et irréparables pertes dont parle l'Abbé Adam, il cite un orgue et l'œuvre chorale écrite par lui et dont nous avons déjà fait mention. Les habitants de la sainte maison furent obligés d'aller ailleurs chercher un asile. Cependant, une année à peine s'était écoulée, et les nouvelles constructions étaient si avancées déjà que l'on put célébrer dignement la *Dedicatio angelica*, fête à laquelle on était arrivé. Là aussi reparut notre *Salve* comme conclusion, car le jour de la Saint-Michel, où la fête finit, on sortit processionnellement en chantant les litanies de Lorette, et arrivé à la chapelle de Notre-Dame, on y termina la grande dédicace des anges par le *Salve Regina* (2).

L'Abbé Adam avait à cœur l'exécution correcte de ce morceau et du chant d'église en général. L'extrême attention dont il honorait ceux qui se distinguaient dans la musique sacrée en est une preuve ; il parle avec regret de la perte d'un excellent musicien, Conrad Beulde Pfaeffecon, religieux et doyen d'Einsiedeln, et il l'appelle *un homme savant dans la musique, un excellent organiste* qui avait rempli cette charge, *bien et avec*

---

(1) Diarium Abbatis Adami, et Symian Monumenta Einsid.

(2) Am vorgeschribnen Tag sant Michels hat man nach der vesper der Engelwychi mit allen Gloggen usgelüttet, under welchem mit der heilig Procession in die Cappel gangen mit der Leteny de B. V. M. die man zü Loretten pflegt zü singen, daruff die Antiphone *Salve Regina* gefolget ünd hiemit die Engelwichi beschlossen (Diar. Abb. Adami).

une sérieuse dignité (1). Ce religieux mourut le 27 novembre
1572, et fut enterré dans l'église souterraine, devant l'autel de
Sainte-Catherine, pour lequel il avait fait faire, deux ans auparavant, à ses frais, un devant d'autel. L'Abbé donna aussi une
grande marque de bienveillance à Fridolin Jung, prêtre séculier, auquel il accorda la faveur, alors si rare, de dire sa première messe à l'autel de la Sainte-Croix, le dimanche de *Jubi-
late* 1576, et cela, sans doute, parce que ce jeune homme avait
été, avant son ordination, organiste de l'église collégiale (2).

Il est très-certain que le successeur d'Adam, l'Abbé Ulrich
Wittwiler, accorda, lui aussi, une grande attention à notre antienne à la Vierge, car cet Abbé s'est distingué entre tous comme
connaisseur et protecteur du véritable chant de l'église. Déjà dans
sa jeunesse il avait étudié ce bel art sous le célèbre Henri Loriti,
bourgeois du canton de Glaris, d'où lui vient le nom de Gla-
reanus qu'on lui donne ordinairement. Ulrich était à Fribourg
en Brisgau lorsque cet illustre connaisseur des anciens chants
d'église y était professeur à l'Université, et apprit de lui à esti-
mer à leur juste valeur les œuvres de Hermann Contract et
autres maîtres de l'ancien temps. Arrivé à la dignité d'Abbé,
Ulrich fit non-seulement écrire de nouveaux livres de chœur,
mais il nota de sa propre main, en marge de ceux qui existaient
déjà, l'ancienne tonalité grecque, dans laquelle ils devaient être
exécutés. Dans les dernières années de sa vie, en 1592, il
composa encore un traité sur cette tonalité, et l'écrivit de sa main
sur parchemin. Dans cet ouvrage il recommande, avec un sé-
rieux tout paternel, à ses fils et frères actuels et à venir, d'étu-
dier la musique dans les œuvres de son maître Glarean, d'im-
mortelle mémoire ; de ce maître dont le souvenir lui est si cher,
qui dans sa jeunesse l'a traité avec tant de bienveillance, et dans
la maison duquel il a passé deux ans à Fribourg. Dans d'autres

---

(1) Der Erwirdig geistlich und *kunstrich* Her Conrat Beul, Conventual
und Dechen zuo Einsidlen, ein *vast wol erfarner Organist gesin, welcher
sin ampt wol und ersthaft versehen* (*Ibidem*).

(2) War unser Organist. (*Ibidem*).

ouvrages encore il parle de lui, toujours avec la plus grande vénération, et le nomme son maître chéri, fidèle et bien heureux (1). Il est certain que ces recommandations de l'Abbé Ulrich portèrent leurs fruits et eurent la plus heureuse influence tant sur l'étude du chant de l'église que sur son exécution publique.

En 1600, l'Abbé Augustin Hofmann succéda à Ulrich. Déjà avant son élévation il avait fait preuve, non-seulement d'une grande estime pour le chant de l'église, mais encore de grandes connaissances en musique; il était tout à la fois chanoine et organiste (2). Comme Abbé, tous ses efforts tendirent à élever à son plus haut point la splendeur du service divin, ce qui le porta, même dans cette nouvelle dignité, à chercher à augmenter encore ses connaissances en musique (3). Pendant son gouvernement, l'art de la musique avait pris peu à peu une nouvelle direction; le contre-point n'existait plus dans toute sa pureté et avait dû céder le pas à la mélodie. On commença aussi à joindre divers autres instruments à l'orgue, employé seul jusqu'alors pour soutenir le chant. L'Abbé Augustin ne pouvant résister au goût du temps, les introduisit dans le service divin à Einsiedeln. Un de ses religieux, Placidus Raymann, alors confesseur au

---

(1) Symian écrit sur ce traité : Reverendissimi Abbatis nostri Udalrici III (Witwileri). Adhortatio latine dicta (charactere per quam eleganti in membraneis foliis quinque scripta), tum ad praesentes suo tempore (anno 1592) suos monachos Einsiedlenses, tum futuros, severa et paterna adhortatio ad perdiscendos modos musicos ex libris Domini Heinrici Glareani, magistri quondam sui in Universitate Friburgensi Brisgav : quem sibi admodum benevolum fuisse asserit, ejus in domo annos duos versatus; Praeceptorem suum piissimum, fidelissimumque, jamque divum eum vocat ; poetamque laureatum, etc. In hac oratione explicat Udalricus naturam modorum musicorum ex doctrina Glareani sui. Notanda merito, multique facienda est nobis haec adhortatio (*Symian, Collectanea*).

(2) Eâ actate : Augustinus Hofmann *Decanus et Organedus*, Andreas Zweyer Subprior et custos sacrorum erant (*Hüsser origo Eremi*).

(3) Musices peritiam sibi deesse noluit (Augustinus Abbas) ut Dei laudibus festivius celebrandis, officiisque divinis magnificentius obeundis operae amplius afferre posset (*Symian, Monumenta*).

couvent de femmes à Munsterlingen, près du lac de Constance, fut chargé de l'achat des divers instruments qu'il envoya à Einsiedeln, où leur emploi paraissait devoir ajouter à l'éclat du culte (1).

Depuis lors on y a conservé la musique instrumentale avec le plain-chant et le chant figuré. On ne cessa pourtant pas d'accorder à ces deux derniers la plus grande attention, et l'exécution journalière du *Salve Regina* dans la chapelle de Marie continua sans interruption pendant tout le cours du xviie siècle.

A l'Abbé Augustin succéda, en qualité de supérieur du couvent, 1629-70, Placide Reymann dont nous venons de parler ; un ami des sciences et de la musique (2). Le plain-chant alors reçut un nouvel élan par l'établissement de la congrégation des Bénédictins suisses, qui se proposa d'introduire la plus grande uniformité dans ce chant. Une assemblée des abbés, tenue à Fischingen, en 1639, ordonna la composition d'un *Directorium cantus*. Les chants qu'on y introduisit furent pris, partie dans les anciens Antiphonaires, partie, surtout ceux destinés aux fêtes nouvelles, dans les livres d'église romains. Cependant le *Salve Regina* et sa vieille mélodie restèrent toujours une propriété privée, pour ainsi dire, de la chapelle du pèlerinage d'Einsiedeln, et souvent elle y était exécutée dans quelque occasion extraordinaire par un chœur imposant. C'est ce qui eut lieu en 1642, lorsque les vénérables pères Capucins de la Suisse entière et de la lointaine Alsace, se réunirent en grand chapitre provincial, dans la ville voisine de Rappershwil, à la fin de juin. Les affaires terminées, ils se préparèrent à faire un solennel pèlerinage à Einsiedeln. Le lendemain, à quatre heures du matin, l'assemblée entière, composée de quarante-six

---

(1) Confessionibus monialium Münsterlinguae praesse jussus (Placidus) adepto peculio instrumenta musicalia, generis sui quaeque ex integro coëmerat, quibus in Eremum missis, musica non parum ornabatur (*Hüsser, Origo Eremi*).

(2) Musicam (Placidus) et doctrinam pariter dilexit, utriusque prudens (*Hüsser, Origo Eremi*).

religieux, quitta le couvent. Les Capucins se rangeant sur deux files, croix et bannières en tête, passèrent le pont et montèrent le mont Etzel en récitant de pieuses prières. Lorsque, vers sept heures, ils arrivèrent près d'Einsiedeln, l'abbé Placide, suivi de tous les religieux de son couvent qui portaient les saintes reliques, et les cloches sonnant en signe de fête, s'avança à leur rencontre jusqu'à la chapelle de Saint-Gangulph ; là on leur remit les reliques et on les conduisit processionnellement, en faisant le tour des murs du couvent, jusqu'à l'église collégiale. Arrivé sous le porche de l'église, on entonna l'hymne de fête : *Te Deum laudamus*, après quoi les Pères se préparèrent au sacrifice de la messe suivi de l'office pontifical que l'Abbé Placide célébra lui-même. Après avoir pris quelques rafraîchissements dans le réfectoire commun du cloître, on conduisit processionellement les Pères pèlerins à la chapelle de la Sainte-Vierge, où, pour les adieux et pour la clôture de cette fête peu commune, se fit entendre le salut à la très-sainte Vierge, le *Salve Regina*, puis ils retournèrent le même jour, et dans le même ordre, au lieu de leur destination (1).

Onze ans plus tard, sous ce même Abbé Placide, les anciennes

---

(1) A capitulo jam absoluto eorum sex et quadraginta ad Eremum sacram, sublatô crucis vexillô ordinate procedentes, invisère : quibus Abbas Placidus cum suis, aere campano undique personante, obviam processit, reliquiisque sanctorum ad Sᵢ Gangulphi aediculam usque deportatis : quas deinde Patres ipsi Capucini vicem ex destinato subeuntes, circumitis prius Monasterii moenibus in Basilicam majorem reportarunt. Chori adyta ingressi, hymnoque Ambrosiano festive decantato, ad sacra facienda se compararunt ; de mane namque hora septima advenerant. Summo dein officio, Placido rem divinam ritu Pontificali solemniter faciente, interfuerunt. In communi, quod refectorium dicimus, coenaculo pransi, atque inter prandendum carmine recitatô, brevique oratione peroratâ honorifice salutati, quin et concentu musico postea tantisper a nostris recreati, aedem denique sacram obierunt : et antiphona Salve Regina eo loci decantatâ Thaumaturgam Dei parentem Dominam nostram religiose venerati, eodem die Rappersvillam, crucis vexillo rursus sublatô, et quo venerunt ordine composito procedentes, nostrisque aliquousque comitantibus, recessère. (*Symian, Mon.*)

institutions, en partie perdues, furent renouvelées, et un ordre de service divin tout nouveau fut établi, dans lequel, d'après d'anciennes chartes encore existantes, l'exécution solennelle et journalière du *Salve Regina* figure comme un des premiers articles. L'heure à laquelle cette hymne devait être chantée à l'église, n'avait pas, jusqu'alors, été bien exactement fixée; il est probable qu'on en avait laissé le choix aux supérieurs du couvent; mais on décida alors que ce serait immédiatement après vêpres.

Ce fut surtout dans la dernière moitié du xviie siècle que le plain-chant brilla du plus grand éclat. En l'an 1670, P. Jean Haeffelin commença à transcrire ces deux magnifiques graduels qui, à présent encore, font l'ornement du chœur de l'église collégiale, et dont on continue à se servir. Les notes en sont si grandes que trente choristes peuvent, sans trop de difficulté, les voir toutes à la fois. Cet homme si patient, mit vingt années à mener à bonne fin ces gigantesques volumes. Dieu, pour le récompenser, lui donna d'atteindre un grand âge avec une santé tellement robuste, que la mort sembla ne pouvoir s'emparer de lui que de force. Il mourut à l'âge de quatre-vingt-dix ans, des suites d'une chute qu'il avait faite du haut d'un escalier (1).

Sous le savant Abbé Augustin II, Réding de Biberegg, l'art et la science furent également cultivés.

Joseph Dietrich, en sa qualité de directeur de la musique, s'occupa tout particulièrement de perfectionner la musique religieuse et le chant de l'église. Bien que sa voix ne fût pas remarquable, elle lui permit pourtant de rendre de grands services;

---

(1) Joannes Haeffelin ex Klingenau, monachus noster fuit scriptor bonus; manu eleganti descripsit codices illos geminos ingentis molis, quibus Introitus et Gradualia et coetera ad Missas conventuales chorali cantu decantandas pertinentia, continentur : erat musicus haud ineptus; extant aliqua ab illo composita. Exstitit Decanus Fabariae : Monasterii nostri custos : Confessarius monialium in augia : senior monasterii : mortuus est Sonnenbergae annos natus 89 proximus nonagenario; viribus perquam adhuc validus : improviso e scala prolapsus mortis inamplexus corruit. (*Symian Collectanea.*)

mais on vantait surtout son exécution sur l'orgue, exécution qui, par sa grande douceur, témoignait d'une âme tendre et pleine de sensibilité. Il composa plusieurs messes, des vêpres, des motets et des symphonies.

Vers le même temps, Ambroise Puntener se distingua aussi comme compositeur et organiste. On a de lui, entre autres choses, une messe magnifique et un motet qu'il composa pour l'introduction à Jonen de la confrérie du scapulaire (1678) (1). Sous de tels hommes, on ne manqua pas d'accorder au chant grégorien l'attention qu'il méritait. L'Abbé Augustin fit imprimer dans son imprimerie particulière, non seulement les bréviaires pour tous les couvents de Bénédictins de l'Allemagne, mais encore le grand Antiphonaire qui fut introduit dans tous les autres couvents.

Dans cette circonstance, on ne s'écarta pas de l'ancienne tradition; on en trouve la preuve dans la préface où il est parlé d'un chanteur romain, nommé Romanus, qui, du temps de Charlemagne, apporta à Saint-Gall un antiphonaire romain, l'y répandit et en introduisit l'usage.

Le récit se termine par les mots suivants : « Telle est l'origine de cet Antiphonaire et c'est là ce qui a décidé à le livrer à l'impression pour l'usage général » (2). Le volumineux in-folio, avec ses caractères rouges et noirs, ne le cède en rien, pour ce qui regarde la netteté et la solidité, aux meilleures éditions romaines, et, à présent encore, les religieux d'Ensiedeln s'en servent journellement au chœur. Sous l'Abbé Raphael, un nouvel antiphonaire pour les messes chantées à l'autel de la chapelle de Marie fut écrit sur parchemin (1691-1692). Le *Salve Regina* fut ajouté au manuscrit, mais avec le texte qui, maintenant encore, est généralement en usage ; il en résulta que l'ancienne mélodie eut à subir quelques changements insignifiants. Voici la

---

(1) Annales Parochiæ Jonensis.

(2) Hæc Antiphonarii istius fuère primordia et motiva, ut typis mandaretur ad uniformitatem introducendam (Præfatio ad Antiph. Einsiedlensem).

raison pour laquelle ce chant fut ajouté au graduel : de temps
immémorial on chantait (et cela en conséquence de fondations
plus ou moins anciennes) le *Salve* tous les jours, non-seulement
après vêpres, mais encore au service du matin, *de Beata*. C'est
pour cet usage, qui subsistait il y a peu de temps encore, que
l'on introduisit ce chant choral dans ledit manuscrit.

Ce fut sous l'Abbé Thomas Schenklin (1714-1734) que fut
bâtie l'église actuelle. Cet Abbé, plein de zèle pour tout ce qui
concernait le service divin, donnait un soin tout particulier à
l'exécution du chant choral, auquel lui-même prenait part pour
édifier par son exemple les religieux qu'il dirigeait (1). La
musique sacrée ne fut pas moins florissante sous les abbés
Nicolas II (+ 1773) et Marianus (+ 1780). Marcus Zech mérite
une mention particulière parmi les compositeurs de ce temps ; il
fit quantité de messes, de psaumes, d'offertoires, de graduels, etc.,
avec et sans orchestre. Plusieurs de ses compositions sont encore
aujourd'hui écoutées avec plaisir, entre autres un *magnificat* en
mi majeur, du v⁵ mode, pour huit voix alternant avec le chœur.
Il est fâcheux que ce compositeur laborieux et plein de talent ait
vécu à une époque peu favorable au vrai style de ce genre
de musique. Tout jeune encore, il eut le malheur de déplaire
aux autorités séculières par un sermon dans lequel il attaquait
les vices des grands ; il s'attira des persécutions qui ulcérèrent
son cœur et le plongèrent dans une profonde mélancolie ; il
adressa une supplique à l'Abbé de Saint-Gall, alors visiteur de
l'Ordre, pour qu'il lui fût permis de se retirer dans une île du
Rhin qui appartenait au couvent d'Ensiedeln, où plus de onze
cents ans auparavant le premier Abbé de Saint-Gall, Saint
Athamar, était mort exilé, pour y finir ses jours dans une solitude
absolue. On consola l'excellent homme ; on parvint à le détourner
de son étrange projet et il resta dans son couvent où il termina
sa vie, encore dans la force de l'âge.

---

(1) Psalmodiam, officia qui divina frequentare diligentissime solens,
modestia inter psallendum, divinaque mysteria fuit plane insigni (Symian. monumenta Eins).

Marianus Muller, plus tard Prince-Abbé, se distingua aussi par ses compositions (une messe pour orgue et voix, et grand nombre de *magnificat* pour orchestre); plusieurs de ses œuvres eurent l'honneur d'être exécutées par la société de musique de Zurich. Après avoir étudié la composition à Milan, sous le maître de chapelle Cantu, il donna dans son couvent des leçons de cet art aux plus jeunes des religieux. Dans le même temps, le père Justus Burach fit preuve de talent par la composition d'un grand nombre de *magnificat* pour deux chœurs à quatre voix, et, en arrangeant pour l'orgue l'antiphonaire tout entier, c'est-à-dire en ajoutant des basses chiffrées aux mélodies; il termina cette dernière œuvre, d'un vrai mérite, en l'an 1750. Jusqu'alors on n'avait exécuté le *Salve Regina* dans la Sainte-Chapelle qu'à une seule voix (ainsi que c'était généralement l'usage dans les temps primitifs de l'Église catholique pour le chant en chœur). Pour accompagnement, on se servit, dans le courant du xviie et au commencement du xviiie siècle, de quelque instrument isolé; plus tard d'un petit orgue placé dans la chapelle qui alors était fermée de tous côtés. Ce ne fut qu'en 1787 que le chant fut écrit pour quatre voix; cette innovation, appuyée chaudement par les plus jeunes du chapitre, rencontra de grands obstacles parce qu'elle ne satisfaisait pas les plus âgés, même ceux qui avaient de véritables connaissances en musique (1). Elle réussit cependant, grâce au P. Marcus Landwing, qui rendit d'ailleurs de grands services à la musique d'église et fut l'auteur de compositions longtemps fort appréciées. Outre quelques chants allemands pour les écoles, qui furent imprimés, il composa, pour le service de la semaine sainte, un *Benedictus Dominus Deus Israel*, d'un grand effet, qui alternait avec un chant choral à une voix, et que maintenant encore on exécute chaque année. Ce fut Landwing aussi qui arrangea l'ancien *Salve Regina* pour quatre voix alternant avec chœur, et qui le fit graver. Ce fut la première édition du *Salve Regina* d'Einsiedeln, qui parut sous le titre suivant: *Antiphona Mariana Salve Regina in cantu chorali cum tribus*

---

(1) Notata Abbatis Beati pro anno 1787, die 16 januarii.

vocibus figuralibus (*Einsiedeln*, 1787). De cette édition, on ne trouve plus que peu d'exemplaires. Trois ans après, on jugea plus convenable d'augmenter d'une voix le nombre de celles qui accompagnaient le *canto firmo*. Le P. Landwing, avec l'aide du P. Æmilian Keiser, en perfectionna l'harmonie ainsi que la conduite des voix, et une seconde édition du *Salve* parut gravée et sous le même titre (1790). C'est ainsi qu'il fut chanté chaque jour jusqu'au moment où la Révolution française pénétrant en Suisse, les religieux furent dispersés, le couvent dévasté et la chapelle elle-même livrée à la destruction.

C'est avec regret que nous mentionnons ici la perte de quatre orgues que possédait l'église et qui furent entièrement brisées. L'Acte de Médiation parut et le couvent fut rétabli. A peine quelques religieux revenus, l'antienne antique fut de nouveau exécutée devant l'image de la mère de Dieu, d'abord à une voix seulement, avec accompagnement d'orgue. La chapelle de marbre fut réédifiée et, aussitôt achevée, le *Salve* y retentit, chanté à cinq voix comme jadis. La nouvelle chapelle n'étant pas, comme l'ancienne, entièrement fermée, mais ouverte de trois côtés, l'effet du chant dut être, on le comprend, plus favorable. Auparavant, un petit nombre seulement des pieux pèlerins pouvait l'entendre distinctement; aujourd'hui des milliers en jouissent, car de toutes les parties du spacieux édifice on peut en saisir la mélodie sans difficulté: circonstance qui n'a pas peu contribué à sa célébrité. Parmi les auditeurs instruits, beaucoup cherchèrent à s'en procurer une copie; on essaya d'exécuter ce chant dans de plus grandes villes, mais on n'en obtint pas toujours le même effet (1). Plusieurs fois ce morceau a été imprimé en France et en Allemagne. Il parut à Nancy sous le titre de : *Salve de Notre-Dame-des-Ermites*, *à cinq voix* (2). A Munich, il en fut publié une édition qui s'intitulait : *Le Salve tel qu'on le chante à Maria-*

---

(1) Un ami de l'auteur, qui a assisté, dans une ville d'Allemagne, à l'exécution du *Salve*, l'a assuré qu'en chantant on faisait une pause après chaque mot, ce qui défigurait entièrement la mélodie.

(2) *Le Chœur*, 2e année, n° 6.

Einsiedeln en Suisse. Mais il y est entièrement défiguré et ne ressemble en rien à celui dont nous parlons (1). Enfin, M. l'abbé Agricola, directeur de musique à Rottenbourg, l'inséra dans sa Collection d'*Antiennes à Marie*, et le publia à Ausbourg avec la remarque suivante : « Ceci est le *Salve Regina* dont les pieux pèlerins parlent avec tant d'enthousiasme à cause de la profonde impression qu'il produit sur tous ceux qui l'entendent. Les révérends pères et les novices le chantent solennellement après le chant des vêpres dans la chapelle de la mère de Dieu » (2). Cependant, le chant d'église qui, du temps de la Révolution, était bien déchu, se releva pendant les vingt années qui suivirent. On rétablit deux des orgues qui avaient été détruites et l'orchestre fut réorganisé avec un tel succès, que l'on put exécuter, hors de l'église, les grandes œuvres de l'art telles que *la Création* et *les Saisons*, de Haydn, *l'Oraison dominicale*, de Neumann, etc.

Bientôt le chant de l'église reçut une impulsion plus grande encore ; le Père Bernard Foresti, de Milan, s'y adonna avec ardeur. Au nombre de ses compositions, on cite les antiennes de vêpres pour toutes les fêtes de l'année ecclésiastique, qu'il arrangea avec soin pour quatre voix, avec accompagnement d'orgue. Pour le plain-chant aussi, on fit beaucoup ; le P. Placide Gmeinder fit un accompagnement d'orgue pour tous les chants grégoriens encore en usage et modifia l'harmonie de plusieurs, de manière à ce qu'on put les exécuter à quatre voix. Dans le nombre se trouve le *Salve Regina*, dont l'exécution ne cessa pas d'être l'objet de soins constants.

En 1853, parut une nouvelle édition à l'usage du couvent où, tout en conservant consciencieusement le *canto firmo*, quelques changements utiles furent introduits ; arrangé pour quatre voix, les cadences qui s'y trouvent furent mieux adaptées au texte. A cette édition fut ajoutée une collection d'autres chants à une

---

(1) Munich, chez Falter et fils.

(2) Augsbourg, chez Boehm.

et à quatre voix, à l'usage du culte public ; ainsi transformée, notre antienne fut sérieusement remise à l'étude et a continué jusqu'à nos jours d'être exécutée avec ces réelles améliorations. Il est à regretter seulement que, par suite de décision supérieure, les soprani et alti, engagés par le couvent, soient envoyés en vacances dans leurs pays, précisément à un moment de l'année où se trouvent à Einsiedeln le plus grand nombre de connaisseurs étrangers qui, peut-être, trouvent bien des choses à blâmer dans l'exécution de ce chant dont à cette époque les parties sont si imparfaitement remplies.

L'auteur terminera ici son essai historique sur cette hymne antique et vénérable. La volonté de son Abbé et de ses supérieurs le relève de la charge dans laquelle, pendant trente ans, il a veillé à l'exécution de ce chant, et lui confie la conduite spirituelle d'un petit couvent que la célèbre abbaye de Saint-Gall a fondé peu de temps avant sa fin. Cette paisible et modeste fille, qui a survécu à son illustre mère, lui rappellera, sous bien des rapports, un passé glorieux au point de vue du chant de l'église et il espère pouvoir encore, çà et là, fournir sa quote part, soit pour le chant lui-même, soit pour son histoire. Il quitte maintenant la charge qu'il a remplie jusqu'ici, en faisant des vœux pour que le *Salve Regina* révéré retentisse encore longtemps en ce lieu où il a survécu, par la tradition, à une époque qui n'est plus, et qu'il y soit exécuté de manière à ce que les milliers de pèlerins qui y viennent chaque année y trouvent un sujet d'édification et de pieuse dévotion à Celle en l'honneur de qui le célèbre religieux de Reichenau l'avait composée.

P. Anselme Schubiger.